Tanja Rüschenschmidt

Mensch und Zeit

Tanja Rüschenschmidt

Mensch und Zeit

Gedichte

Bibliografische Information der Deutschen Nationalbibliothek:
Die Deutsche Nationalbibliothek verzeichnet diese Publikation in der Deutschen Nationalbibliografie; detaillierte bibliografische Daten sind im Internet über http://dnb.dnb.de abrufbar.

Lektorat und Korrektorat: Heike Auel Textwerkstatt (www.heikeauel.de)
Covergestaltung: Hannah Rüschenschmidt
Titelbild: Willi Timmermann
Illustrationen: Elke Diestelhorst

Verlag: BoD · Books on Demand GmbH, In de Tarpen 42, 22848 Norderstedt
Druck: Libri Plureos GmbH, Friedensallee 273, 22763 Hamburg

ISBN: 978-3-7597-8725-5

Genieße jeden Augenblick,
laut lachend oder stumm.
Genieß auch diesen Augenblick,
denn jetzt schon ist er um.

Inhaltsverzeichnis

Vorwort

Schon während meiner Schulzeit schrieb ich lieber kurze Gedichte als lange Texte. Auch viele meiner Freundinnen und Freunde erhielten aus dem Urlaub gereimte Urlaubspostkarten, und mit der Zeit füllten sich einige Notizhefte mit meinen Gedichten. Ganz egal, ob man mit dem Hund im Wald spazieren geht, ob man mit dem Fahrrad die Umgebung erkundet oder einen Einkaufsbummel durch die Stadt macht, überall begegnen einem Menschen, Tiere, Landschaften und Gedanken, über sie es sich zu schreiben lohnt.

Diese kleinen Geschichten und Erlebnisse streifen meist nur kurz unseren Sinn und verschwinden dann wieder. Sie festzuhalten in unserer wunderschönen Sprache, ihnen Reim und Rhythmus zu geben und so lange an ihnen zu feilen, bis sie sich gut lesen lassen, das bereitet mir große Freude.

Ich hoffe, diese Freude kann man beim Lesen der Gedichte spüren.

Bedanken möchte ich mich herzlich bei Elke Diestelhorst für die wunderbaren Bilder, die sie für dieses Buch gezeichnet hat.

Tanja Rüschenschmidt

Daheim und unterwegs

Die Standuhr

Die große Uhr, die im Wohnzimmer steht,
erinnert daran, wie die Zeit vergeht.
Viermal die Stunde schlägt sie an,
viermal ertönt ihr Glockenklang.

Dann ist eine ganze Stunde vorbei,
das geht so schnell, fast wie Zauberei:
Die Zeit, die gerade im Sande verrann,
gehört schon jetzt der Vergangenheit an.

Es war ein kleiner Teil meines Lebens,
hab ich ihn genutzt oder war er vergebens?
Das kann ich nicht sagen, ich weiß es nicht,
ich schrieb in der Zeit an diesem Gedicht.

Im stillen Haus

Ein Mensch ist ganz allein zu Haus,
denn alle andern gingen aus.
Nun schließt er alle Türen zu,
genießt die viel zu selt'ne Ruh'.

Er kocht sich eine Tasse Tee
und setzt sich auf sein Kanapee.
Er tut, was Menschen halt so tun,
haben sie Zeit, sich auszuruh'n.

Kein' Laut hört er um sich herum,
das ganze Haus ist still und stumm.
Doch schon nach einer kurzen Zeit,
ist er sie leid, die Einsamkeit.

Da dreht ein Schlüssel in der Tür:
Die anderen sind wieder hier,
sie drängeln und poltern und wuseln ins Haus
und breiten in alle Räume sich aus.

Mit ihrem Erzählen, Schimpfen und Lachen,
mit Musik hören und Scherze machen,
kommt Leben in das Haus zurück –
so ein Glück.

Apfelkuchen

Einen Kuchen will ich backen,
süß und fruchtig soll er sein,
darum kommen gute Sachen
wie Butter, Honig und Eier hinein.

Mehl natürlich, Schokolade,
Äpfel frisch vom Apfelbaum,
zusammenrühren, in den Ofen,
oh, es duftet wie im Traum.

Goldbraun ist er und riecht so lecker,
ein bisschen Sahne noch dazu,
schon haben ein paar Schleckermäuler
ihn ruckzuck weggeputzt im Nu.

Nur ein paar Krümel bleiben über,
die kriegt unser kleiner Hund,
denn ein ganzes Stück vom Kuchen,
das wär' für ihn zu ungesund.

Später Besuch

Ich komme aus der Welt nach Haus
und ziehe Schuh’ und Mantel aus.
Ich möchte nichts mehr sehen, nichts hören
und niemand soll den Frieden stören.
Ich nehm’ mir Tee und Buch daher,
ansonsten brauch ich heut nichts mehr.

Doch es klingelt an der Tür,
es will noch jemand was von mir.

»Ach, du bist es, dann komm herein,
ich gieß dir auch ein Tässchen ein.«
Wir reden, trinken Tee dabei,
so geht der Abend schnell vorbei.

Und als du gehst, da wird mir klar,
wie schön die Zeit mit dir doch war:
Wie gut, dass du gekommen bist,
da war mein Abend nicht so trist.

Wenn die Kinder ausziehen

Kleine Kinder werden groß,
ziehen in die Welt hinaus.
Die Eltern sitzen dann allein
im großen, leeren Elternhaus.

Genießen kurze Zeit die Stille,
doch dann kommt schon die Einsamkeit,
schleicht ganz leise durch die Türen,
macht sich in jedem Zimmer breit.

Kein Lachen und Trampeln auf den Treppen,
in den Fluren kein Geschrei,
sind die Kinder ausgezogen,
ist solch ein Trubel auch vorbei.

Doch bis unsere Kinder gehen,
vergeht bestimmt noch ganz viel Zeit,
denn für ein großes, leeres Haus
bin ich noch lange nicht bereit.

Die Zeiger der Standuhr

Der Sekundenzeiger auf der Uhr
läuft ständig seine Runde,
immerzu den gleichen Kreis,
sechzigmal die Stunde.

Und nach jeder Runde geht
auch der Minutenzeiger einen Schritt,
sechzigmal in einer Stunde
geht er ein kleines Stückchen mit.

Der Stundenzeiger dreht sich auch,
das tut er ohne Eile,
bis sich sein Kreis geschlossen hat,
das dauert eine Weile.

Auch wenn sie Teil der Standuhr sind,
sie dürfen niemals stehen.
Damit kein Mensch die Zeit verpasst
müssen sie sich stetig drehen.

Ein entspannter Tag

Ohne Hast und ohne Eile,
endlich Zeit für Langeweile.
Und es hat auch das Gewissen
heute noch nicht zugebissen.
Ganz entspannt ist dieser Tag,
so, wie man ihn gerne mag.

In der Hängematte

Ganz sachte geht es hin und her,
hin und her,
hin und her,
wie die Wellen auf dem Meer,
immer hin und her.

Und es schaukelt auch mein Sinn,
her und hin,
her und hin,
bis ich fast am Schlafen bin,
immer her und hin.

Lock-down

Herrlich ruhige Lock-down-Zeit,
wo bist du nur geblieben?
Gemütliche Stunden im Garten zu Haus,
mit denen, die wir lieben.

Wir beide und die Kinder nur,
sonst blieben wir allein,
und niemand musste noch mal los,
wir waren viel daheim.

Jetzt sind wir wieder unterwegs,
Termin folgt auf Termin.
Und weil wir nichts verpassen wollen,
gehen wir zu jedem hin.

Immer sind wir überall
und unser schöner Garten
steht ganz allein und einsam da,
muss immer auf uns warten.

Das elektrische Licht

Zwischen Tag und jungem Morgen
erlebt die Welt eine düstere Zeit.
Zwischen Tag und jungem Morgen
regiert bei uns die Dunkelheit.

Sie fällt am Abend auf die Erde,
breitet übers Land sich aus,
sie verschlingt das, was wir mögen,
den Wald, den Garten und das Haus.

Höllenschwärze jede Nacht,
das gefiel den Menschen nicht,
drum erfand einst ein Erfinder
für alle das elektrische Licht.

Geht nun das Tageslicht zur Neige,
die Dunkelheit kommt wieder ran,
kann das uns Menschen nicht mehr stören:
Wir schalten, knips, die Lampen an.

Nachts um drei Uhr siebzehn

Plötzlich bist du wach geworden,
und das mitten in der Nacht,
denn irgendetwas hat im Hause
ein seltsames Geräusch gemacht.

All deine Sinne sind gespannt,
besonders deine Ohren lauschen,
doch was sie alleine hören,
ist im Baum das Blätterrauschen.

Eine kleine Mücke summt
im Dunkeln rum um dein Gesicht,
das aber hat dich nicht geweckt,
die kleine Mücke war es nicht.

Sonst ist alles still im Haus,
nur der Wind weht leis' im Baum.
Vielleicht war das Geräusch nicht hier,
vielleicht war es in deinem Traum?

Ja, ganz bestimmt, das ist die Lösung,
so wird es wohl gewesen sein.
Noch einmal lauschst du in das Dunkel,
dann schläfst du müde wieder ein.

Der Blumenstrauß

Ein schöner Gruß von Mensch zu Mensch,
das ist ein Blumenstrauß.
Doch irgendwann riss irgendwo
ein Mensch die Blumen aus.

Es wuchs so schön am Wegesrand
und auch im Blumenbeet,
was jetzt, vom Leben abgetrennt,
in einer Vase steht.

Die Blumen haben einst geblüht,
Insekten zu ernähren
und, damit die Pracht besteht,
sich selber zu vermehren.

Jetzt stehen sie da und welken nur
ganz langsam vor sich hin
und fragen selbst im Untergang
noch nach des Lebens Sinn.

Die Menschen schauen beim Verblühen
den schönen Blumen zu,
die zum Schluss im Biomüll
gehen zur letzten Ruh'.

Jeden Tag die gleiche Frage

Jeden Tag die gleiche Frage:
Was kommt heut’ Mittag auf den Tisch?
Hähnchenschenkel, Schweinsrouladen
oder mal gegrillter Fisch?

Buntes Gemüse, grüne Salate,
Kartoffeln, Nudeln oder Reis,
kalte Küche, mild Gewürztes,
oder lieber scharf und heiß?

Jeden Tag die gleiche Frage,
jeden Tag die gleichen Sorgen.
Für heute ist das Essen gar,
jedoch:
Was koch’ ich morgen?

Der Hängemattentraum

Du liegst in dem gespannten Tuch
im Schatten zwischen Bäumen
und versinkst ganz sacht und weich
leicht schaukelnd in den Träumen.

Es fallen dir die Augen zu,
Gedanken werden klein,
und ganz langsam, nach und nach,
schläfst du allmählich ein.

Ein Traum steigt aus dem Schlaf herauf,
verdrängt deinen Verstand.
Er führt dich auf verschlungenem Pfad
ins schöne Träumeland.

So lang' du schläfst, darfst du dort bleiben,
erst wenn du wach wirst, musst du raus,
ein paarmal blinzeln, etwas recken,
und schon bist du zurück zu Haus.

Der Mittagsschlaf

Ausgelaugt, wie ausgesaugt,
die Augen fallen zu,
man wünscht sich dann
nur eines noch:
Man wünscht sich seine Ruh'.

Ein kleiner Schlaf zur Mittagszeit,
so was erfrischt enorm.
Danach beginnt der Alltagstrott
mit neuer Kraft von vorn.

Ein Stückchen Schokolade

Ein kleines Stückchen Schokolade,
das gönne ich mir jeden Tag,
weil ich diese süße Sünde
schon seit meiner Kindheit mag.

Erbsensuppe mag ich auch,
denn auch die ist ein Genuss,
den ich aber ganz bestimmt
nicht alle Tage haben muss.

Längst vergangenes Kinderglück

Früher, als wir Kinder waren,
durften wir an manchen Tagen
von Oma aus zum Büdchen laufen
und uns Naschereien kaufen.

Oma hat uns Geld gegeben:
jedem eine blanke Mark.
Die haben eiligst wir verzuckert,
das war fast wie ein Feiertag.

Kaugummi gab es und Esspapier,
Lakritze, Weingummi und Brause.
Mit einer Tüte, buntgemischt,
kamen wir ganz stolz nach Hause.

Die schöne Zeit der Kindertage
ist leider schon so lange her.
Unsere Oma ist gestorben
und auch das Büdchen gibt's nicht mehr.

Doch neulich traf ich die Cousine,
da kam es kurz zu uns zurück,
als wir in der Erinnerung schwelgten:
das längst vergangene Kinderglück.

Gut, dass heute Sonntag ist

Wie gut, dass heute Sonntag ist,
da hat der Mensch mal Pause,
da braucht er nicht zur Arbeit gehen,
da bleibt er mal zu Hause.

Er tut und lässt nur, was er will
und hat heut keine Eile,
so zieht der Tag sich endlos hin
und steckt voll Langeweile.

Und als es endlich Abend wird,
ist unser Mensch doch froh,
er geht ins Bett und freut sich schon
auf morgen, aufs Büro.

Doch es scheint ja die Sonne

Ein verregneter Sonntag,
das wäre mal was.
Graue Wolken am Himmel
und alles pitschnass.

Man hörte das Rauschen
vom Regen, der fällt,
und kalt und grau
wäre die Welt.

Ein Wind dazu,
der stürmt und weht,
sodass die Lust
nach draußen vergeht.

Dann säß' man gemütlich
im warmen Zuhaus
und schaute vergnügt
in die Regenwelt raus.

Auf dem Tisch stände Tee,
der müsste noch zieh'n
und ein Feuer tät prasseln
im alten Kamin.

So hielte man gut
einen Regentag aus.
Doch es scheint ja die Sonne,
also nichts wie hinaus.

Unterbuxen auf der Leine

Unterbuxen auf der Leine
schaukeln sanft im Sommerwind
und sie sind unheimlich glücklich,
dass sie auch mal draußen sind.

Oft haben unsere Unterhosen
solche Freiheit leider nicht,
verbringen fast ihr ganzes Leben
ohne Luft und ohne Licht.

Liegen tief im Kleiderschrank,
direkt neben den Socken,
die ja auch, wie man heut weiß,
zu viel im Dunkeln hocken.

Sogar im Einsatz steckt die Bux
oft unter anderen Hosen
und wenn sie dort ein Luftzug trifft,
der duftet nicht nach Rosen.

Drum, liebe Leute, achtet sie,
die gute Unterhose
und seht es ihr großzügig nach,
sitzt sie euch mal zu lose.

Auch wenn ihr meint, das wär' egal,
und euch nicht darum schert,
ist eine gute Unterbux
doch jede Achtung wert.

Denn was ein Schlüpfer so erträgt,
das ist schon ziemlich barsch.
Wie könnte es auch anders sein,
denn meist sitzt er am Ar….!

Leckereien

Das Frühlingsgrünen ist vorbei,
es breitet sich der Sommer aus.
Nach all der Blütenpracht im Mai
bilden sich nun die Früchte aus.

Äpfel hängen hoch im Baum
und Pflaumen an den Zweigen,
und wie süß die Kirschen sind,
wird sich schon sehr bald zeigen.

Die ersten Erdbeeren kann man pflücken
und die Himbeeren reifen auch.
Und einige Johannisbeeren
wanderten schon in den Bauch.

Voller Reichtum ist der Frühling,
genauso wie die Sommerzeit.
Schau dich nur im Garten um:
Leckereien weit und breit

Meine kleine Heimatstadt

Meine kleine Heimatstadt
ist keine Stadt von Welt,
doch gerade das ist es,
was mir an ihr gefällt.

Enge Gassen, Fachwerkhäuser,
überschaubar, nett und klein,
so soll diese schöne Stadt,
meine Heimat soll so sein.

Industrie und Großstadtlärm,
das soll woanders trubeln,
auch 60 000 Fußballfans,
die müssen hier nicht jubeln.

Wem das zu öde ist, zu lahm,
der kann ja mal nach Dortmund fahr'n.

Eine besondere Begegnung

Jeden Tag begegnen sich,
so bestimmt auch heute,
beim Einkauf, beim Behördengang
oder sonst wo viele Leute.

Doch all diese Begegnungen
sind nur von flüchtiger Natur,
und die Gesichter vieler Menschen
wirken gelangweilt oder stur.

Treffen sich jedoch zwei Freunde,
vielleicht aus guter, alter Zeit,
macht sich im Gesicht der beiden
schnell ein breites Lächeln breit.

Und sie freuen sich und reden,
tauschen, gut gelaunt, sich aus
und sie nehmen ihre Freude
beide mit zu sich nach Haus.

Geben sie in der Familie
an die Liebsten weiter
und am Abend sind auch diese
gut gelaunt und heiter.

Wankelmütig

Wenn wir mit dem Fahrrad fahr'n
kommt es auf den Wind sehr an:
Bläst er stramm direkt von vorn,
erschwert das unsere Fahrt enorm.
Und sehr schnell, man kann's kaum fassen,
beginnen wir, den Wind zu hassen.

Doch wenn wir die Richtung ändern,
so, dass er uns kräftig schiebt,
wird der Wind, den wir grad hassten,
mit einem Mal von uns geliebt.

Auf einer Bank am Weg im Grünen

Von Sonnenstrahlen sanft beschienen
stand eine Bank am Weg im Grünen.
Und ja, die schöne Bank war frei,
so dachte ich mir nichts dabei
und machte dort zur Mittagsstunde
ein Päuschen von der Fahrradrunde.

Ich wußt' ja nicht, dass gerade hier
ein Wespentier hat ihr Revier.
Und schon mit zornigem Gebrumm
flog diese nervend um mich rum.
Sie gönnte mir die Pause nicht,
war nur drauf aus, dass sie mich sticht.

Sie ignoriert mein Angebot,
zu naschen an dem Schinkenbrot,
auch was zu trinken schlug sie aus,
sie war allein auf Ärger aus.
Ihr Wespenzorn saß ziemlich tief,
das Tier war wirklich aggressiv.

So scheuchte ich sie mit der Hand,
worauf ihr Hass erst recht entbrannt',
und drohender als je zuvor
erklang ihr Summen mir im Ohr.

Nun sprang ich auf, das war zu viel.
Ich war es leid, das lästige Spiel.
Die Wespe ließ nicht ab von mir,
wir zwei waren wie Torero und Stier.
Ich hüpfte und sprang und wedelte wild,
das war bestimmt ein köstliches Bild.

Doch eines wollte ich sicher nicht,
dass dieses Wespentier mich sticht.
Drum packte ich den Pausenkram
und machte, dass ich weiterkam.

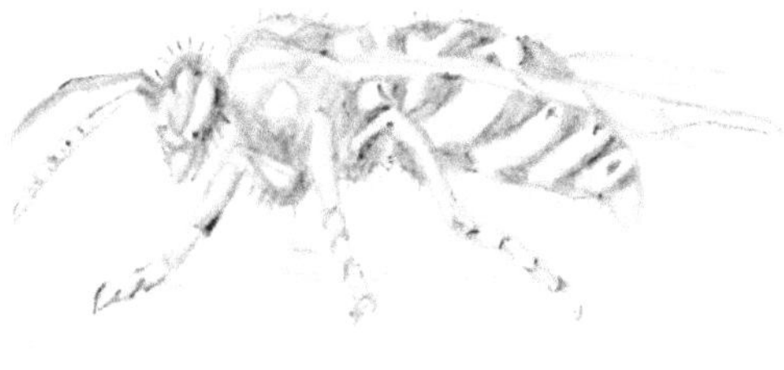

Die Busfahrt

Es kommt ein Bus gefahren,
hält an und man steigt ein.
So wie auch viele andere,
hier ist man nicht allein.

Und im Bus die Menschen,
und das sind wirklich viele,
haben Wünsche, haben Träume
und haben ihre Ziele.

Alle sitzen dicht an dicht,
alle Reisenden gemeinsam.
Sie haben jetzt den gleichen Weg
und bleiben trotzdem einsam.

Die Richtung mag die gleiche sein,
die Gründe sind verschieden,
und viele hätten sicherlich
die Busfahrt gern vermieden.

Gelangt der Bus zur Endstation,
dann wollen alle raus
und mit 'nem kleinen bisschen Glück
steigt man als Erster aus.

Individualverkehr

Ein Mensch fährt mit der Straßenbahn,
doch die Bahn ist ihn zu lahm,
und zu voll und sowieso
macht das Bahnfahren ihn nicht froh.

Er kauft für eine Menge Geld
ein Auto, das ihm gut gefällt.

Nun hat er, und das freut ihn sehr,
Individualverkehr.

Schleicht nun über Deutschlands Straßen,
beginnt sehr schnell, auch das zu hassen.
Erst recht am Ziel, beim Parkplatz suchen,
hört man ihn stets lauthals fluchen.

Geisterfahrer

Ein Mensch fährt
auf der Autobahn,
wo viele andere
auch lang fahr'n.
Alle fahren
die gleiche Spur
und fahren
in eine Richtung nur.

Wer in die
andere Richtung fährt,
der
fährt verkehrt.

Ausgebremst

An der Kreuzung steht die Ampel
und sie regelt den Verkehr,
je nachdem, wie sie grad leuchtet,
fahren Autos hin und her.

Zeigt sie hell ihr rotes Licht,
muss man bremsen, kuppeln, schalten,
um schließlich dann am weißen Strich
für eine Weile anzuhalten.

So manch ein Fahrer ärgert sich
über die erzwungene Pause,
denn er möchte weiterfahren,
will möglichst schnell, sofort, nach Hause.

Leuchtet das orangene Licht,
bereitet er sich vor zu starten,
doch bis er wirklich fahren darf,
muss er auf Grün erst warten.

Dann gibt er aber richtig Gas,
beschleunigt, was er kann,
doch etwa hundert Meter weiter
strahlt ihn die nächste Ampel an.

Fernweh

Ein Mensch sitzt alle Zeit zu Haus,
malt sich den besten Urlaub aus.

Fährt mit dem Schiff, dem großen weißen,
auf die allerschönsten Reisen.

Er träumt schon lang von Afrika,
weil er dort noch niemals war.

Auch lockt von fern der Orient,
den er so überhaupt nicht kennt.

Ein Strandurlaub am blauen Meer,
das alles wünscht der Mensch so sehr.

Ja, ja, der Mensch erträumt sich viel.
Es gäb' für ihn manch schönes Ziel.

Doch all das ist nur Fantasie,
losgefahren ist er nie.

Weil das Leben ihn nicht lässt:
In Pflicht gefangen sitzt er fest.

Reiseempfehlung

Kommst du selbst nicht weg zu haus,
schick die Gedanken auf die Reise.
Aus dem Alltag träumend raus
kommst du so, auf diese Weise.

Wenn du selbst kein Auto hast,
zum Reisen fehlt die Energie,
hilft, um nicht zu resignieren,
deine eigene Fantasie.

Träume dich, wohin du willst,
lass keines deiner Ziele aus,
das ist völlig ungefährlich,
in Wahrheit bleibst du ja zu Haus.

Ob das gegen Fernweh hilft?
Das kann ich dir nicht sagen,
es ist ein schöner Zeitvertreib,
an den grauen, tristen Tagen.

Kurzurlaub

Der Alltag quetscht dich und die Deinen
wie zwischen tonnenschweren Steinen.
Wie ein Mahlwerk geht es rund
und scheuert euch die Seele wund.

Um dem Mühlrad zu entrücken,
müsst ihr mal die Kupplung drücken.
Brecht kurz aus diesem Trott heraus,
macht einmal Urlaub von zu Haus.

Der Alltagsmühle kurz entrinnen,
entspannen mal, mit allen Sinnen,
das kann man machen, Gott sei Dank,
sonst würden hier noch alle krank.

Familienurlaub

Wir möchten gerne Urlaub machen:
Zum ersten Mal seit zwanzig Jahren
will die Familie zusammen
in die fernen Alpen fahren.

So viele Sachen muss man packen:
Skier mit Anzug, Helm und Schuh,
was zu essen, was zu trinken
und jede Menge Kram dazu.

Dann sitzt man stundenlang im Auto,
fährt ewig auf der Autobahn.
Da braucht man sicher die Erholung,
kommt man an seinem Traumziel an.

So ein Aufwand für die Woche
Urlaubsglück im tiefen Schnee,
für Wandern, Skifahren, Essen gehen,
und abends Après-Ski, juchhe!

Doch treten wir nach ein paar Tagen
die Fahrt nach Hause wieder an,
ist der Kopf voll schöner Bilder
und wir erfreuen uns daran.

Am Bahnhof

Wir stehen hier und warten,
wir warten auf den Zug.
Wir würden gerne starten,
doch müssen weiter warten,
der Zug ist im Verzug.

Da kommt er angefahren,
hält an, wir steigen ein.
Auch wenn wir sauer waren,
jetzt wo wir endlich fahren,
woll'n wir zufrieden sein.

Am Meeresstrand

Am Strand, am großen blauen Meer,
da bläht sich deine Seele auf,
schwingt, wie ein Windvogel im Wind,
sich in den weiten Himmel auf.

Schaut von dort auf dich herab,
sieht, wie du liegst im warmen Sand,
sieht, wie du den Tag verträumst,
im frischen Wind am Meeresstrand.

Ferien am blauen Meer

Viele sehnen sich so sehr
nach Ferien am blauen Meer,
nach Spazierengehen am Strand,
nach Burgen bauen im warmen Sand.

Beim Camping auf dem Campingplatze,
mit kleinem Zelt und Luftmatratze,
den Stress des Alltags mal vergessen,
bei gutem Wein und leckerem Essen,
den ganzen Tag nichts andres tun
als lesen und sich auszuruh'n.

Vielleicht 'ne Radtour übern Deich,
nach rechts, nach links - ist völlig gleich,
denn viel gibt es hier nicht zu seh'n
und überall ist's ähnlich schön.

Drei Wochen hat man nichts gemacht,
drei Wochen hat man faul verbracht,
dann ist der Urlaub wieder aus,
und schon muss man zurück nach Haus.
Doch weil das heute jeder will,
steht auf den Straßen alles still.

Ist man dann endlich doch daheim
plant man den nächsten Urlaub ein:
Drei Wochen ohne Muss und Sinn,
da fahr ich bald mal wieder hin.

Am Sandstrand

Es wogt
das große, blaue Meer
am Sandstrand
ständig hin und her.

Zieht sich zurück,
kommt wieder ran,
viel öfter
als man zählen kann.

Die Auslandsreise

Wir flogen hoch, wir flogen weit,
wir flogen wie durch Raum und Zeit.
Wir flogen ohne tieferen Sinn
und kamen so weiß Gott wohin.

Wir landeten im Nirgendwo
und fuhren schnell nach Irgendwo.

Viel gabs zu hören und zu sehen,
doch leider konnt' man nichts verstehen.
Ein jeder sprach, was schade ist,
zu jeder Zeit nur ausländisch.

Wir harrten dort drei Wochen aus,
dann flogen wir zurück nach Haus.

Langzeitwirkung

Egal, ob Wochen oder Tage,
ob Safarilodge, ob Cocktailbar,
ob Abenteuer oder Wellness,
Hauptsache ist, man war mal da.

Urlaubsfahrten, auch die kurzen,
regen alle Sinne an,
sodass von der Erinnerung
man noch lange zehren kann.

Man hat in einer fremden Gegend
allerhand gehört, gesehen,
wird lange Zeit noch daran denken:
Ach ne, was war der Urlaub schön.

Und man tauscht noch Wochen später,
längst ist man zurück zu Haus,
mit den einstigen Begleitern,
wenn man sich trifft, Erinnerung aus.

Urlaubserinnerung

Frisch ist noch die Erinnerung,
die Seele noch voll Sonnenschein.
Doch ist der Urlaub erst vorbei,
stellt schnell sich die Routine ein.

Noch versucht man, ihn zu halten,
den Zauber der besonderen Zeit.
Doch es macht sich unaufhaltsam
der Alltagstrott schon wieder breit.

Die Erinnerung wird blasser,
sie wird mit der Zeit vergehen.
Was bleibt alleine ist das Wissen:
Ach ja, was war der Urlaub schön.

Durch das Jahr

Lieblingsfarbe

Eine Frage habe ich mir
schon des Öfteren gestellt:
Welche Farbe ist die schönste
auf der großen, bunten Welt?

Das Himmelsblau mit weißen Wolken,
die über uns vorüber zieh'n,
im April die jungen Blätter,
das erste frische Frühlingsgrün?

Das Gold der Wolken und der Sonne
wenn sie am Morgen früh aufgeht,
das fahle Licht des runden Mondes,
der des Nachts am Himmel steht?

Ein Regenbogen, hoch am Himmel,
der bunt sich spannt über die Welt,
oder in der Dämmerung
das Abendrot am Himmelszelt?

Im Herbst das bunte Laub der Bäume,
das auf die Erde niederfällt,
oder weißes Glitzerblinken,
wenn Frost und Schnee die Welt erhellt?

Sag du mir, was am schönsten ist.
Was kannst du besser leiden?
Ich kann beim besten Willen nicht
für eines mich entscheiden!

Alle Jahre wieder

Die Sommerzeit ist vergangen,
die warme Jahreszeit vorbei.
Und in uns keimt ein kleines Pflänzchen:
Die Sehnsucht auf den nächsten Mai.

Im tiefsten Winter wird die Blume
dann in voller Blüte stehen
und täglich werden wir uns fragen:
Wann will der Winter endlich gehen?

Wenn dann der Sommer wiederkommt,
und wir die warme Zeit genießen,
dann schöpft das Blümchen neue Kraft,
um im Herbst erneut zu sprießen.

Flockenpracht und Mondenschein

'Zig Milliarden Sternchen fallen,
sanft herab vom Himmelszelt.
Bedeckt mit diesen Eiskristallen
wird sie weiß, die ganze Welt.

Die Nacht, die schwarz und dunkel war,
die ist nun hell und wunderbar.

Der Mond jedoch hat sich versteckt,
hat sich mit Wolken zugedeckt,
hat hoch vom Himmel nicht gesehen,
was bei uns heute Nacht geschehen.

Denn Flockenpracht und Mondenschein,
das kann zur gleichen Zeit nicht sein.

Eisglätte am Morgen

Mit einer Schicht aus dünnem Eis
ist heute jeder Weg belegt
und achtsam muss ein jeder sein,
der sich jetzt draußen fortbewegt.

Egal, ob man ein Auto steuert,
oder man geht nur spazieren,
jeder kann ins Rutschen kommen
und das Gleichgewicht verlieren.

Kannst du deinen Weg vermeiden,
und musst nicht unbedingt hinaus,
kannst du den Termin verschieben:
Sei vernünftig, bleib zu Haus!

Sicher wird's nicht lange dauern,
gib dem Tag ein bisschen Zeit,
denn, vom Sonnenlicht erwärmt,
ist bald die Welt vom Eis befreit.

Winterabend

Die Vögel singen Winterlieder.
Abend ist's, bald kommt die Nacht.
Die Sonne hat die große Runde
schon am Himmelszelt vollbracht.

Dunkelheit kriecht in den Tag,
bis man es merkt, ist sie schon da.
Doch der Mond auf seiner Bahn
leuchtet hell und wunderbar.

Still und leise wird die Welt,
es geht sogar der Wind zur Ruh.
Auch die Vögel in den Bäumen
machen jetzt den Schnabel zu.

Morgen sollen sie wieder singen,
in höchsten Tönen jubilieren
und, ist es dafür auch zu früh,
mal ein Frühlingslied probieren.

Nichts als Schnee

Winterkalte klare Luft.
Eingefroren jeder Duft.
Alles, was ich riech' und seh',
nichts als Schnee.

Leicht und luftig liegt er da,
locker, staubig, wunderbar.
Im Wald sieht auch das scheue Reh
nichts als Schnee.

So viel Schnee in diesen Tagen.
Millionenfache Flockenlagen.
Alle Wege, die ich geh',
nichts als Schnee.

Schnee kann so viel Freude machen.
Rundum hört man Kinder lachen.
Und sie rufen laut: »Juchhe!
Bitte, bitte, noch mehr Schnee.«

Der rote Schal

Es hat geschneit, die Kinder rodeln,
wie sie alle glücklich sind!
Eins hat einen roten Schal,
der flattert wild im Winterwind.

Immer geht es rauf und runter,
immer wieder, jedes Kind,
und auf jeder Abfahrt flattert
lustig dieser Schal im Wind.

Doch der Schlitten fährt nicht gerade,
er fährt direkt vor einen Baum.
Alle Kinder werden leise,
und der Schal, der flattert kaum.

Der Schreck ist jedoch schnell vorbei,
und es geht schon wieder weiter –
und der rote Schal des Kindes
flattert wieder, wild und heiter.

Der Winter

Ich mach mich jedes Jahr bereit
und starte stets zur Weihnachtszeit.
Ich mag das Dunkel, nicht das Licht,
lange Tage gibt's hier nicht.

Ich bin kalt und grau und weiß,
was ich gern mag, sind Schnee und Eis.
Frost mag ich und raue Luft,
ich pfeif' auf lauen Frühlingsduft.

Ich schmücke den Wald mit Eiskristall,
dann funkelt und glitzert es all überall.
Ich weiß, dass ihr dies Schauspiel liebt,
dann freut ihr euch, dass es mich gibt.

Im Februar seid ihr mich leid,
doch ich, ich halt noch Schnee bereit.
Ich kann ja machen, was ich will,
bis Ende März, bis zum April.

Kurze Pracht

Ein Krähenschrei im dunklen Wald,
der Wind bläst harsch, es ist recht kalt.
Flocken von Schnee fallen hernieder,
sind sie gelandet, findet man sie nicht wieder.
Sie fallen in den nassen Dreck –
und sind weg.

Erst später

Der Frühling ist schon lange da,
auch jetzt schon, früh im Januar.
Jedoch hält er sich gut bedeckt,
hat hinterm Winter sich versteckt.

Doch manchmal hört man ihn schon klingen,
wenn hell die kleinen Vöglein singen.

Als Sonnenstrahl durch Wolkenritzen,
sieht man ihn kurz am Himmel blitzen.

Und unverhofft durch raue Luft,
streicht ab und zu sein milder Duft.

Warum er sich nicht deutlich zeigt?
Wir haben ja noch Winterzeit.

Erst später, im April und Mai,
dann ist die kalte Zeit vorbei,
dann darf der Frühling alles geben
und bringt der Welt das pralle Leben.

Winter, mach dem Frühling Platz

Winter, mach dem Frühling Platz,
denn allmählich wird es Zeit,
tief versteckt im dunklen Boden
machen Blumen sich bereit.

Winter, räume nun das Feld,
du hast das Spiel verloren.
Deine Zeit ist bald nun um,
die Zeit der kalten Ohren.

Winter, bald kommst du zurück,
um mit dem Herbst zu ringen.
Du jagst ihn fort mit Eis und Schnee
und wirst ihn klar bezwingen.

Jetzt aber, Winter, ziehe ab,
vermeide die schlammige Schlacht,
dann wird über dich im kommenden Jahr
nirgendwo Schlechtes gedacht.

Schneeflocken-Schicksal

Herrlich ist es anzusehen,
wie Schneeflocken im Winde wehen.

Sie tanzen über Dach und Trauf',
wirbeln herum, herunter und rauf.

Sie fliegen hoch und fliegen frei,
doch sind sie gelandet, ist die Freude vorbei.

Dann liegen sie da und können nichts machen,
vorbei ist's mit Tanzen und Wirbeln und Lachen.

Dann liegen sie klein und still und stumm
auf der nackten Erde rum.

Vielleicht wird sie jemand im Schneemann verbauen.
Doch bald wird es warm und die Schneeflocken tauen.

Dann ist die weiße Pracht vorbei,
nichts erinnert daran, im Frühling, im Mai.

Bis im Mai

Ein lauer Tag im Januar.
Man meint, der Frühling wär' schon da.
Doch Anfang Februar, oh weh,
kommt noch mal massenweise Schnee.
Tief bedeckt sind Wald und Feld,
zwei Wochen lang versinkt die Welt.

Dann kommt jedoch, mit etwas Glück,
die frühlingslaue Zeit zurück.
Im März taut alles wieder auf
und die Natur, die freut sich drauf.
Und mit der neuen Frühlingslust
vergeht der alte Winterfrust.

Es grünt und blüht an jeder Ecke,
es zwitschert und flötet in jeder Hecke.
So laut, so bunt, so herrlich schön,
das könnte jetzt so weiter geh'n.
Doch Achtung: Bis im warmen Mai
sind immer mal frostige Nächte dabei.

An einem schönen Tag im März

Die ersten Blumen stehen am Wege,
der Sonnenschein dringt tief ins Herz,
die ersten Hummeln fliegen rege,
an einem schönen Tag im März.

Ein schöner Platz lädt ein zu bleiben,
nur kurze Zeit, sonst wird es kalt.
Am Himmel sieht man Wolken treiben,
denn blätterleer ist noch der Wald.

In den noch kahlen Ästen spielen
zwei Meisen flink ihr Liebesspiel,
sie sind die ersten, die es fühlen,
wenn es Frühling werden will.

Bis die Bäume Blätter tragen
braucht es wohl noch etwas Zeit,
doch man merkt an solchen Tagen:
Die Frühlingszeit ist nicht mehr weit.

Am einunddreißigsten März

Im Herbst zogen sie nach Afrika
und jetzt sind sie schon wieder da.
Die ersten Schwalben, ohne Scherz,
hab ich heute gesehen,
am einunddreißigsten März.

Alle gemeinsam

Ein Buschwindröschen ganz allein,
und mag es auch das Schönste sein,
das bildet niemals solche Pracht,
wie das ein Buschwind-Teppich macht.

Erst, wenn sich tausende bemühen
und dann zur gleichen Zeit erblühen,
bemerkt der Mensch, Mann, Frau und Kind,
wie schön die Buschwindröschen sind.

Frühlingsschnee

Der April hat über Nacht
den Frühlingswald ganz weiß gemacht.
Die Blumen wundern sich grad sehr,
wo kommt der viele Schnee nur her?

Und jede meint, dass er wohl taut,
noch eh der nächste Morgen graut.
Da haben sie sich sehr geirrt,
nun sind die Blümchen doch verwirrt.

Zwei Tage blieb der Schnee noch liegen,
dann konnt' der Frühling endlich siegen.
Und jetzt sprießt es im Wald hervor,
das Frühlingsgrün, wie nie zuvor.

Frühlingsmelodien

Hörst du, wie die Vögel singen,
dabei von Ast zu Ast sich schwingen?
Sie tanzen in den lichten Zweigen
einen lust'gen Frühlingsreigen.

Alle zwitschern, jeder freut sich,
nicht ein einziger bleibt stumm,
trällern Frühlingsmelodien,
ja, bald ist der Winter um.

Im Frühling

Frühlingsluft weht durch die Bäume,
die Sonne scheint aufs Maienland,
mehr als sonst spazieren Pärchen
durch die Landschaft, Hand in Hand.

Blumen sieht man allerorten,
jede Farbe findet sich,
weiß des Bärlauchs zarte Sternchen,
blau blüht das Vergissmeinnicht.

Der Kuckuck ruft laut seinen Namen
durch den lichten, frischen Wald
und der Wind, der weht von Westen,
ist nicht mehr wie sonst so kalt.

Kinder spielen wieder draußen,
jagen, rennen, lachen, schrei'n,
brauchen keine dicken Jacken,
denn sie wärmt der Sonnenschein.

Und viel mehr als sonst im Jahre
schwirrt durch die Luft die Poesie,
mehr Gedichte als im Frühling
findet übers Jahr man nie.

Himbeeren im Sonnenschein.

Das beste Naschwerk hängt im Garten,
leuchtend rot am grünen Strauch.
Viele mögen das sehr gerne,
und ich weiß, du magst es auch.

Bienen sah ich immer fliegen,
wilde, zahme, groß und klein,
ich glaub', die hängen in die Sträucher
all die leck'ren Himbeeren rein.

Und die Sonne, wenn sie leuchtet,
malt die Beeren knallrot an,
auf dass zuckersüß sie werden,
damit man sie dann essen kann.

Am besten schmecken sie vom Strauch,
noch erwärmt vom Sonnenlicht,
auch im Joghurt oder Kuchen
stören Himbeeren sicher nicht.

Willst du auch einmal probieren?
Komm vorbei, ich lad dich ein.
Und dann naschen wir zusammen
Himbeeren im Sonnenschein.

Regnen muss es

Traurig ist´s, mitanzusehen,
wie die Bäume durstig stehen,
sonst so saftig, grün und satt,
kräuselt sich gequält das Blatt.

Auch die Früchte, die sie tragen,
können die Hitze kaum ertragen,
reifen weit vor ihrer Zeit.
Schuld dran ist die Trockenheit.

Regnen muss es, regnen, regnen,
Tag und Nacht, auf Feld und Flur.
Fünfzehn Tage Wassersegen,
dann erholt sich die Natur.

Ein Sommertag

Dieser Tag ist bullenheiß
und in Strömen rinnt der Schweiß.
Selbst im dunklen Wald
ist's heut' kein bisschen kalt.

Der Wind, der sonst mit frischer Brise
weht über Ackerland und Wiese,
ist grad auch nicht hier,
drum leiden Mensch und Tier.

Heute darf die Sonne heizen,
braucht mit Wärme nicht zu geizen.
Regen, Wolken, Wind, die drei,
haben heute hitzefrei.

Erst im Dunkeln, in der Nacht,
wenn der Mond die Nachtschicht macht,
hat es sich gefühlt
etwas abgekühlt.

Zu heiß

Katzen und Hunde und anderes Getier
dösen im kühlenden Schatten.
Auch Menschen, haben sie die Zeit dafür,
ruhen auf Liegen und Matten.

Denn jede Bewegung ist schon zu viel,
man würde zerfließen in Schweiß.
Für schwere Arbeit und lustiges Spiel
ist es ganz einfach zu heiß.

Nur Schmetterlinge tanzen munter umher
mit lustigem Flügelschlag.
Sie saugen die Blumen nektarleer
und genießen den heißen Tag.

Hängematten

Hängematten
hängen zwischen Bäumen,
meist im Schatten,
ideal zum Träumen.

Faul darin zu liegen,
fühlt sich an wie schweben.
Im Winde sich zu wiegen,
das ist ein prima Leben.

Zum Zeitvertreib ein gutes Buch
oder die Augen schließen,
und im weichen, bunten Tuch
den schönen Tag genießen.

So geht still und leise
ein warmer Sommertag dahin,
zerfließt auf diese Weise
ohne Muss und ohne Sinn.

Sommerwind

Lass an einem Sommertag
dich unter den Bäumen nieder,
dann lauscht du dem sanften Wind,
der ganz leis' singt seine Lieder.

Er erzählt vom grünen Sommer,
den Geruch bringt er gleich mit,
er trägt den Duft von reifem Weizen
und von frischem Rasenschnitt.

Auch die Wolken, die am Himmel
ziehen hin in weißer Pracht,
hat der Wind von seiner Reise
von »weiß Gott wo« mitgebracht.

Es wär' wohl kein schönes Leben
ohne diesen Sommerwind,
der an warmen Sommertagen
uns sein leises Lied vorsingt.

Heide-Idyll

Es grünt so grün die grüne Heide,
erst im August färbt sie sich ein.
Dann liegt sie weit vor unseren Augen
in einem zarten lila Schein.

Es sammeln viele fleißige Bienen
den Nektar aus der Glockenpracht,
bis schließlich der November kommt
und alledem ein Ende macht.

Dann wird die schöne Heide braun
und fällt in einen Winterschlaf.
Nur ganz weit weg am Horizont
blökt ab und zu ein Heideschaf.

Abschied der Schwalben

Wieder sammelt ihr Schwalben euch,
denn um der Kälte zu entfliehen,
werdet ihr zum Sommerende
weit nach Süden ziehen.

Ich bleibe hier und freue mich
auf Herbstwind und den ersten Schnee
und darauf, dass im nächsten Jahr
ich euch Schwalben wiederseh'.

Wenn ihr im Frühjahr wiederkommt,
dann ist es fast schon Mai,
dann ist der Herbst, der Winter auch,
die Kälte ist vorbei.

Auf ein frohes Wiedersehen,
wenn die Natur es will.
Fliegt wohl und kommt gesund zurück,
im Frühling, im April.

An einem grauen Oktobertag

An einem grauen Oktobertag
saß ich lesend am Kamin,
draußen war es bitterkalt,
der Herbst begann grad einzuzieh'n.

Ich las im Buch von einem Mann,
der auch am Lesen war,
er las vom bald schon kahlen Wald
und auch vom Winter, der schon nah.

Daraufhin zog er sich an,
den dicken Mantel und den Hut,
und ging nach draußen an die Luft,
»Ah«, seufzt' er laut, »das tut so gut.«

Ganz langsam habe ich das Buch
in meinen Händen sinken lassen.
Plötzlich hatt' ich das Gefühl,
draußen etwas zu verpassen.

Ich sprang auf und zog mich an:
Nur hinaus, weht auch der Wind.
Ich möchte die Tage des Herbstes genießen,
ehe sie vorüber sind.

Oktoberzeit

Saug die Oktoberzeit, die goldene,
ganz tief in deine Seele ein.
Sammle, was du sammeln kannst
an Licht und Duft und Sonnenschein.

Dass du im kalten, grauen Winter,
wenn die Tage kurz und trist,
die schönen warmen, hellen Stunden,
die guten Zeiten nicht vergisst.

Wenn dann zur Frühlingszeit im März
die ersten Blumen wieder sprießen,
kannst du mit einem frohen Herz
das neue Leben neu genießen.

Goldene Oktoberblätter

Siehst du, wie die Blätter blinken,
hoch vorm blauen Himmelszelt?
Es ist, als ob sie Abschied winken,
denn der Herbst geht durch die Welt.

Oben in den hohen Hallen
lösen sie sich sanft vom Ast.
Und ehe sie zur Erde fallen,
hebt sie der Wind zum Himmel fast.

Golden fällt es auf den Boden,
was war des Baumes schönste Zier.
Gesunken ist es von ganz oben,
nun liegt es auf der Erde hier.

Noch einmal freut's den Kindersinn,
noch einmal wärmt's den fleiß'gen Mann,
dann ist die ganze Pracht dahin,
dann kommt schon der November an.

Vor meiner Werkstatttüre

Vor meiner Werkstatttüre
steht ein Kastanienbaum,
und bis vor wenigen Tagen
bemerkte ich ihn kaum.

Doch seit der Sommer um ist,
ist er ´ne wahre Pracht.
Er leuchtet rot und golden,
wenn nur die Sonne lacht.

Mit seinem bunten Laube,
scheints mir, dass er mich mahnt:
Genieß die schönen Tage,
weil schon der Winter naht!

Die grauen Tage vorm Advent

Es ist die Zeit der tristen Tage,
der grauen Tage vorm Advent,
wo noch keine Plätzchen duften,
wo noch keine Kerze brennt.

Ein rauer Wind weht durch die Straßen,
so ungemütlich ist die Stadt,
weil auch die laute Einkaufszone
noch keine Weihnachtsdeko hat.

Verlassen liegt der Kirchplatz da,
vom Weihnachtsmarkt ist nichts zu sehen.
Bis der dann seine Büdchen öffnet,
wird noch ein wenig Zeit vergehen.

Doch nicht mehr lang, dann ist Advent,
und leuchten wird die ganze Welt,
all überall strahlt Weihnachtslicht,
so wird die dunkle Zeit erhellt.

Herbststimmung

Grau sind die Wolken am Novemberhimmel,
doch bunt ist das Laub der Bäume.
Kurz sind die kalten Wintertage.
doch lang ist die Zeit der Träume.

Die Vögel sind in den Süden gezogen,
man hört sie schon lang nicht mehr singen,
doch dafür lässt der herbstliche Wind
wild seine Lieder erklingen.

Die Sonne brennt nicht mehr vom Himmel herab,
doch ein Feuer brennt im Kamin,
lang sind die Abende, doch mit Büchern und Tee
gehen auch diese dahin.

Und der Winter vergeht wie so oft zuvor,
bald ist er schon wieder vorbei.
Die Tage werden schon bald wieder länger –
eh man sich versieht, ist es Mai.

Dezemberblümchen

Ein zartes Blümchen im Dezember,
ganz unverhofft hab ich's gesehen.
Ich sah's im wintertristen Garten
allein auf nackter Erde stehen.

Die kleine Blume war so fein,
sie strahlte sanft und zauberhaft,
und so hat dieses Blümchen mir
ein kleines Stück vom Glück gebracht.

Die Plätzchendose

Eine Menge guter Kekse,
knusprig, lecker Stück für Stück,
wenn man die geschenkt bekommt,
ist das pures Winterglück.

Dieses Glück wurd′ uns zuteil:
Im Dezember, im Advent,
hat ein wirklich netter Mensch
die besten Kekse uns geschenkt.

Wir brauchten nur ′ne große Dose,
um den Schatz zu transportieren,
wir wollten doch auf keinen Fall
von den Plätzchen eins verlieren.

Doch die alte war hinüber,
ist im letzten Jahr geplatzt,
und so suchten wir in Eile
nach geeignetem Ersatz.

Fanden aber in der Hektik,
ganz weit hinten im Regal,
nur den Suppentopf, den alten,
das war dann aber auch egal.

Der Topf ist nun die Plätzchendose,
so wird es auch in Zukunft sein.
Er ist stabil und leicht zu öffnen,
vor allem aber geht was rein.

Vielen Dank dem edlen Spender,
der uns all die Plätzchen bäckt,
und so jedes Jahr zur Weihnacht
das Winterglück erneut erweckt.

Knecht Ruprecht

Wer war Knecht Ruprecht?
Knecht Ruprecht war des Christkinds Knecht,
ein düsterer Typ, doch im Grunde nicht schlecht.
Er trägt den Sack jahrein, jahraus
und klaute niemals ein Päckchen daraus.
Knecht Ruprecht.

Das Christkind schwebt übers Himmelszelt
und schaut hinab auf unsere Welt.
Es weihnachtet sehr, aus jedem Haus
scheint Kerzenschimmer zart hinaus.
»Mein Knecht«, spricht's, »wir müssen hinunter zur Erden.«
Knecht Ruprecht stöhnt: »Das kann ja was werden.«

Die Glocken läuten, die Töne schwellen
himmelan aus Kirchen und Kapellen.
Ein Klingen und Läuten, ein Wunder geschieht,
wie man es nur an Weihnachten sieht:
Zur Kirche gehen alle nun,
auch die, die das sonst niemals tun.

Und die Menschen jubeln: »Halleluja,
nun ist die Weihnacht wieder da.«
So jubeln die Menschen, das ist auch recht,
denn der alte Ruprecht, der ist wirklich nicht schlecht.

Er müht sich redlich mit schweren Sachen,
um alle an Weihnachten glücklich zu machen.
Das Christkind und Ruprecht, der alte Mann,
stapfen erschöpft durch den finsteren Tann.
»Noch da, Knecht Ruprecht?« – »Ja Herr, ich bin.«
»In die Stadt, zu den Menschen.« – »Ich halte drauf hin.«
Und das Christkind ruft: »Halt aus, hallo,
wir müssen nur noch nach Albersloh.«

»Wie geht es dir, mein treuer Knecht?«
»Ich fürchte, Herr, es geht mir schlecht.
Der Rücken tut weh, die Füße schmerzen,
ich hab mich verbrannt an den vielen Kerzen.
Der Sack war zu voll, die Arbeit zu schwer,
ich mag diesen ganzen Trubel nicht mehr.«

Das Christkind sagt: »Du hast es geschafft,
das Himmelstor ist aufgemacht.
Der Sack ist leer, die Geschenke sind raus,
wir beide gehen nun endlich nach Haus.«

Zu Neujahr, im Himmel, sitzen Christkind und Knecht,
den beiden geht es jetzt gar nicht mehr schlecht.
Sie trinken Tee und denken, was war
und wünschen den Menschen
ein Prosit Neujahr.

Advent, Advent

Advent, Advent,
    das Türchen klemmt.
So sehr wir rütteln
    und auch schütteln,
es ist nicht aufzumachen.
    Und all die leckeren Sachen,
die dahinter liegen,
    können wir nicht kriegen.
Das ist wirklich schade!
    Wir wollen Schokolade,
wollen Äpfel, wollen Nüsse
    und die süßen Schokoküsse.
Ich rufe schnell das Christkind an,
    das die Türen öffnen kann.
Und dann feiern wir zusammen
    unter grünen Weihnachtstannen.

Der siebenundzwanzigste Dezember

Es ist der siebenundzwanzigste Dezember
und Weihnachten ist schon vorbei.
Es fällt die große, weite Welt
zurück ins Alltagseinerlei.

Der Lichterglanz verblasst allmählich,
die Weihnachtsmusik kommt zur Ruh',
und im Stall von Betlehem
gehen die Fensterläden zu.

Jetzt macht sich das normale Leben
hier ganz langsam wieder breit,
sodass vom hellen Weihnachtsglanze
nur ein kleiner Funke bleibt.

Der nistet sich in unsere Herzen,
wird unbemerkt von uns verwahrt,
damit zur nächsten Weihnachtszeit
die ganze Welt erneut erstrahlt.

Krampenroder Wandertag

Schnüre deine Wanderschuhe

Wenn dich einmal Sorgen quälen,
schnüre deine Wanderschuhe,
denn beim Wandern in der Landschaft
kommt dein müder Geist zur Ruhe.

Bei jedem Schritt fällt eine Sorge,
ein »genervt sein« aus dir raus.
Und bist du lang genug gelaufen,
kommst du entspannt zurück nach Haus.

Grüne Fichten

Ich fand heut einen Fichtenwald
mit lauter grünen Zweigen,
er ist noch jung, noch gar nicht alt,
den möchte’ ich dir gern zeigen.

So viele Fichten stehen verdorrt,
vertrocknet, tot und kahl.
Vom Borkenkäfer angebohrt
starben sie in großer Zahl.

Doch was in jenem Wald man find’t,
sind Bäume voller Kraft,
ihre grünen Äste sind
gesund und voller Saft.

Komm mit, lass uns spazieren gehen
zu diesen grünen Fichten,
dann kannst du sie selber sehen,
eh’ sich die Zweige lichten.

Gefällter Baum am Wegesrand

Gefällter Baum am Wegesrand –
was wird gemacht aus dir?
Ein Möbelstück aus Meisterhand
oder Brennholz und Papier?

Seit über achtzig Jahren nun
standest du im grünen Wald,
sahst Gewitter, Sturm und Dürre,
wurdest trotzdem groß und alt.

Bis an einem Wintertage
eine Motorsäge kam
und an diesem kalten Morgen
dir dein altes Leben nahm.

Was wird nun mit dir geschehen,
gefällter Baum am Wegesrand?
Wird man dich als Möbel sehen
oder bald in Qualm und Brand?

Sturm im Mai

Im Westen türmen Wolken sich
grau-schwarz am Horizont.
Und alle blicken bang dort hin,
woher der Sturmwind kommt.

Gerade schien die Sonne noch,
doch das ist jetzt vorbei.
Der Wind frischt auf und schneller kommt
die schwarze Front herbei.

Dann gehen die Wolkenschleusen auf,
der Regen fällt hinab zuhauf.
Wie Sturmflut strömt's vom Himmelszelt,
und sie wird nass, die ganze Welt.

So schnell es kam, ist's auch vorbei.
Die Wolken ziehen weiter.
So ist das mit dem Sturm im Mai:
Schnell ist es wieder heiter.

Tropflaute

Regentropfen hör ich tropfen,
tropfen auf das grüne Laub.
Hört' ich nicht die Tropfen tropfen,
würd' ich meinen, ich wär' taub.

Denn sonst hör ich keinen Laut,
keinen Laut um mich herum,
in der Welt wird kein Laut laut,
die schöne Welt ist herrlich stumm.

Ich hör nur das Rauschen rauschen,
perlenzart, so wie ich's mag.
Und ich möcht nichts anderem lauschen,
als dem sanften Regenrauschen
an diesem schönen Regentag.

Diese Schnecke will ich retten

Ziemlich trocken war das Frühjahr,
der April und auch der Mai.
Doch nun gab es endlich Regen
und die Dürre ist vorbei.

Jetzt sieht man sie wieder kriechen
schleimspurend am Wegesrand:
Schnecken tragen ihre Häuser
langsam durch das Schneckenland.

Eine hat sich wohl verlaufen,
sitzt vor mir auf dem Asphalt,
und wenn jetzt ein Auto käme,
würd' die Schneck' bestimmt nicht alt.

Diese Schnecke will ich retten,
heb sie auf, zu ihrem Glück,
und ich setz sie etwas weiter
in ihr Schneckenland zurück.

Von da aus soll sie weiterkriechen,
immer von der Straße weg.
Nicht, dass man sie morgen findet
als einen fiesen, platten Fleck.

Ein kurzes Abenteuer

Ich möcht heut′ fremde Wege gehen,
an neuen Aussichtspunkten stehen.

Neues sehen, was mir gefällt.
Frische Blicke in die Welt.

Entdecken, was ich noch nie sah,
wandern gehen, wo ich nie war.

Doch nicht zu weit! Mit etwas Glück
bin ich zur Kaffeezeit zurück.

Ein dringendes Bedürfnis

Ein Mensch spaziert durch einen Wald
und leidet schlimme Pein.
Er denkt kurz nach und ihm wird klar:
Das muss vom Kaffee sein.

Er geht vom Weg tief ins Gestrüpp,
denn er muss dringend pieseln,
er hockt sich hinter einen Strauch
und lässt es leise rieseln,

Der fiese Druck lässt langsam nach,
der Mensch seufzt auf beglückt,
er richtet Hemd und Hose sich
und kehrt zum Weg zurück.

Nun geht er unbeschwert dahin,
ist gut gelaunt und heiter
und fröhlich pfeift er sich ein Lied
und wandert immer weiter.

Die Zecke

Die Zecke krabbelt in die Hose
und beißt dich dann ins Bein.
Schon hast du ’ne Borreliose,
die Zecke ist gemein!

Vogelgezwitscher und Hummelgebrumm

Hörst du die Stille um uns herum?
Man hört nur Vogelgezwitscher und Hummelgebrumm.

Sonst dringt kein Laut an unsere Ohren,
wir sind in der Natur verloren.

Und irgendwie vermiss ich schon
den Klang der Zivilisation.

Doch mit ’nem kleinen bisschen Glück
finden wir den Weg zurück.

Dort hinten führt ein Pfad hinaus
und schon sehr bald sind wir zu Haus.

Auf einer Bank im Grünen

Von weit her rollt ein Auto ran,
was man von fern grad hören kann.

Eilig kommt es auf uns zu
und stört schon etwas mehr die Ruh'.

Es braust heran mit hundert Sachen,
nur um so richtig Krach zu machen.

Ist es vorbei, das KFZ,
wird's auf der Bank noch einmal nett.

Allmählich wird es ruhig und still,
nichts stört mehr das Natur-Idyll.

Der kleine Bach

Der kleine Bach will mir was plätschern,
plätschert mir direkt ins Ohr,
plätschert von der langen Reise,
von Quell' und Mündung mir was vor.

Erzählt von all den vielen Sachen,
die er unterwegs gesehen,
was er alles so erlebt hat,
ohne jemals aufzustehen.

In seinem Bett, da bleibt er liegen
vom Anfang bis zum Ende hin.
Ich muss schon sagen, dass ich da
ein kleines bisschen neidisch bin.

So bequem sich zu bewegen,
durch die große, weite Welt,
das wäre eine feine Sache,
das wäre was, was mir gefällt.

Glücksreiher

Blendendweiße, stolze Reiher
stehen auf frühlingsgrünem Gras.
Welch ein wunderbarer Anblick,
welch ein schönes Bild ist das.

Breiten weit die weißen Schwingen,
schwingen sich zum Himmelszelt,
fliegen eine Abschiedsrunde,
ziehen in die weite Welt.

Wilde Eleganz am Himmel,
ein Moment wie zartes Glück.
Als die Vögel sich entfernen,
bleibt der Mensch verzückt zurück.

Der Tümpel

Im Wald, da ist ein kleiner See,
zu dem ich gern spazieren geh.

Eigentlich ist's nur ein Teich,
den manchmal dichtend ich umstreich.

In Wahrheit ist's ein Tümpel nur,
ein Wasserloch in der Natur.

Das ist egal! Ich mag ihn sehr,
drum komm ich immer wieder her.

Es ist so laut

Was ist es laut in diesem Wald,
von überall der Lärm erschallt:
Es dröhnt von rechts die Bundesstraße,
wo Autos fahren in großer Masse,
von links hört man die Autobahn,
wo immer noch mehr Autos fahr'n.
Und dreh ich auf dem Weg mich um,
ist's besser nicht, nur andersrum.

Auf und Ab

Geht man einen Turm hinauf,
stapft mühsam jede Stufe rauf,
dann ist man oben sehr beglückt,
wenn weit man in die Welt ausblickt.

Fotos werden dann geschossen
und der Ausblick wird genossen.
Und dann stapft man froh und munter
alle Stufen wieder runter.

Bergsteigerschicksal

Wer einen Berg erklimmen will
bis hoch zum höchsten Gipfel,
um sich die Welt mal anzusehen
bis in den letzten Zipfel,

der läuft auf einem steilen Weg
zum Gipfelkreuz hinauf,
und nimmt für diesen weiten Blick
auch Blasen wohl in Kauf.

Doch ist er oben angekommen,
fühlt er sich schlapp, nicht munter,
und muss mit seinen Blasen noch
zurück ins Tal hinunter.

Kuhbegegnung

Am Wegesrand liegt eine Kuh
schaut träge mir beim Wandern zu.
Sie käut genüsslich wieder,
das Maul geht auf und nieder.

Und wie ich langsam weitergeh'
und diese Kuh da liegen seh',
träg' und faul im grünen Gras,
denke ich: Das wär' doch was.

Ich lege einfach mich dazu
und komm ein wenig auch zur Ruh'.
Ich wollt grad zu ihr, übern Zaun,
da ist das Rindvieh abgehau'n.

Der Baum steht

Der Baum steht
und alles, was geht,
geht um ihn herum.
Der Baum steht stumm.

Rührt und regt sich nicht
bei Nacht und Tageslicht.
Wird sich auch nicht bewegen
bei Sonne oder Regen.

Steht still in der Welt –
bis jemand ihn fällt.

Was flüsterst du …

Was flüsterst du mir, Birkenbaum,
leise für Gedichte zu,
wenn ich auf meiner Wanderung
in deinem Schatten komm zur Ruh'?

Erzählst du mir vom Frühling was,
von frischen Blättern grün und fein,
vom warmen, hellen Sommertag
mit mildem Abendsonnenschein?

Vom Herbst, vielleicht vom Fliegenpilz,
der dann in deiner Nähe steht,
und vom eis'gen Winterwind,
der durch die kahlen Äste weht?

Ich lehne mich an deinen Stamm,
hör' deine Blätter rauschen.
So wunderschön ist dein Gedicht,
ich könnt' ihm ewig lauschen.

Doch es ist spät, ich muss nun gehen.
Dein Rauschen aber, dein Gedicht,
das nehm' ich mit in meine Welt
und hoffe, ich vergess' es nicht.

In Gedanken versunken

Ein Mensch geht träumend durch den Tag,
denkt an die Mimik nicht.
Drum macht er oft und ohne Grund,
ein brummiges Gesicht.

Er ist ja eigentlich gut drauf
und könnte auch mal lachen,
oder, wär' ihm das zu viel,
'ne frohe Miene machen.

Wenn du ihn fragst, dann sagt er dir:
»Nein, nein ich bin ganz froh,
doch wenn ich in Gedanken bin,
dann guck ich eben so.«

Der Ruf der Wildnis

Ganz weit weg von der Welt,
wo nichts mehr stört,
hab' ich den Ruf
der Wildnis gehört.

So bin ich erschrocken,
dass ich schnell rannte,
dorthin zurück,
wo ich den Weg wieder kannte.

Und von dieser Stelle aus
gings auf dem schnellsten Weg nach Haus.

Ich schloss mich in die Stube ein
und ließ die Wildnis draußen schreien.

Ein Mensch spazierte durch den Wald

Ein Mensch spaziert durch einen Wald,
da werden ihm die Finger kalt.
Er wundert sich: Wie kann das sein?
Es frieren mir die Finger ein.
Und grübelnd kommt er dann dahinter:
Es liegt daran, es ist ja Winter.

Winter in der Heide

Tiefer Winter in der Heide,
schneebestaubt die ganze Welt.
Es wird weiß und immer weißer,
weil der Schnee noch immer fällt.

Fällt auf Heidekraut und Sträucher,
fällt dem See aufs blanke Eis
und bald ist die ganze Erde
bitterkalt und zauberweiß.

Und dann gehen wir spazieren
durch die Heide bis zum See,
durch die weiße Winterlandschaft –
unterm Schuh, da knirscht der Schnee.

Auf Trampelpfaden

Auf geschwungenen, schmalen Pfaden
geh so gerne ich spazieren,
lieber als auf breiten Straßen
durch die Gegend zu marschieren.

Hinter jeder neuen Biegung
kann man etwas anderes sehen,
das ist so viel spannender,
als immer geradeaus zu gehen.

Damit steh ich nicht alleine,
anderen geht es ebenso:
Mögen breite Wege nicht,
sind, wie ich, auf Pfaden froh.

Hochdruck

Es steigt der Druck, ich bin im Wald,
achthundert Meter bis nach Haus.
Jetzt schnell, ganz schnell, kein Aufenthalt,
der Küttel will sofort hinaus.

An gar nichts andres kann ich denken
als dran, den Schritt zum Klo zu lenken.
Laufend mach ich manche Pose,
und hoff', es geht nichts in die Hose.

Ich schaff es, halt es, jede Wette,
noch vierhundert Meter bis zur Toilette.

Da ist es: Das Haus, es kommt schon in Sicht.
Nein! – Küttel, du kommst jetzt noch nicht!
Warte noch kurz, komm etwas später,
zur Toilette sind es noch zweihundert Meter.

Da fällt mir ein, ich bin völlig entsetzt,
es könnte ja sein, es ist gerade besetzt.
Grundgütiger, bloß nicht, ich muss doch so,
noch einhundert Meter bis zum Klo.

Macht Platz, aus den Weg, ich kann es nicht halten,
ich werde beherrscht von Naturgewalten!

Die Tür ist offen, nichts wie hinein!
Geschafft, gerettet, die Hose blieb rein.

Das ging ja noch mal gut mit mir.
Ach Mist, hier ist kein Klopapier …

Mensch und Zeit

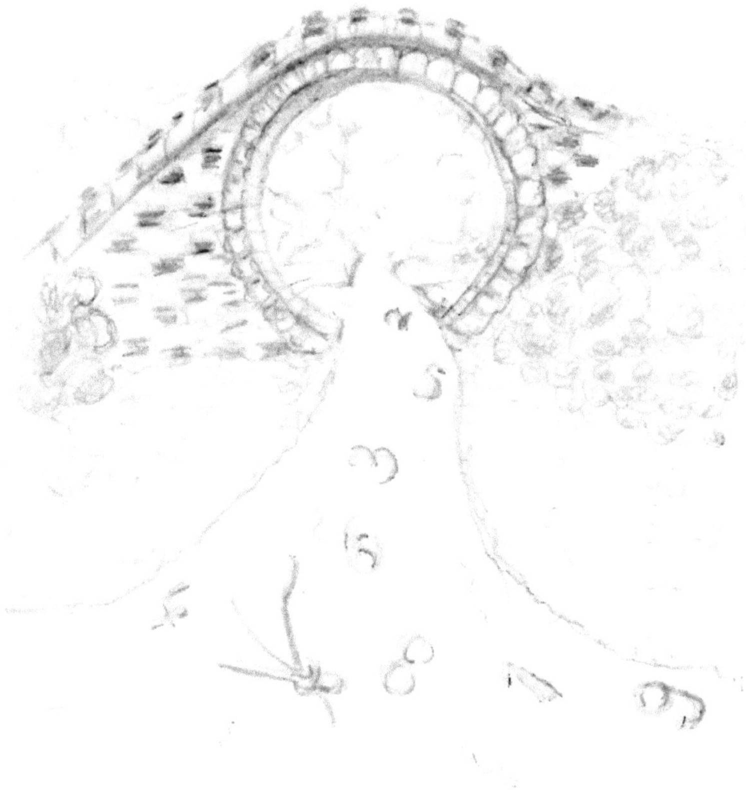

Das Ziel der Zeit

Unaufhaltsam fließt die Zeit
zu jeder Zeit voran
und kommt, egal, wie lang sie fließt,
an ihrem Ziel nicht an.

Trotzdem fließt sie unbeirrt
und fließt unheimlich weit,
fließt immer weiter, denn ihr Ziel
ist die Unendlichkeit.

Etwas Zeit

Man muss,
gerade in der hektischen Zeit,
immer darauf achten,
dass etwas Zeit bleibt:

Etwas Zeit, sich zu wundern,
etwas Zeit, um zu lachen,
etwas Zeit, um Blödsinn zu machen.

Zeit, die schöne Welt zu betrachten.
Zeit, auf die kleinen Dinge zu achten.

Sonst wäre das Leben allzu trist,
sonst wäre das ganze Leben Mist.

Eine Minute

Eine Minute ist nur eine Minute
überall auf der ganzen Welt.
Eine Minute dauert nicht lange,
bis sechzig ist ja schnell gezählt.

Doch auf der großen weiten Erde,
das muss man sich vor Augen führen,
kann in einer Minute so vieles,
Gutes oder Schlechtes, passieren.

Schön wird sie für manche sein,
anderen ist sie egal,
und bestimmt gibt es Minuten
voller Leid und voller Qual.

Eine Minute, eine so kurze Zeit,
hält alles an Glück und Kummer bereit.

Fragen zum Zeitvertreib

Der Mensch vertreibt sich seine Zeit!
Was ist das für ein Zeitvertreib?

Wieso soll man die Zeit vertreiben?
Um ohne Zeit zurückzubleiben?

Was macht die Zeit, ist sie vertrieben?
Wo ist dann diese Zeit geblieben?

Zieht sie wohl in die Welt hinaus?
Sucht sich woanders ein Zuhaus?

Der Mensch bleibt ohne Zeit zurück,
hat keine Zeit mehr für sein Glück.

Dieses mit dem »Zeit vertreiben«
lassen wir mal lieber bleiben.

Die Zeit bleibt sowieso nicht stehen,
wird von allein vorübergehen.

Sekundengedanke

Eine Sekunde
ist nur eine Sekunde.
Aber jeder Mensch auf der Welt
hat diese eine Sekunde.
Und das ist
zusammengenommen
ganz schön viel Zeit.

Niemand braucht am Rad zu drehen

Niemand braucht am Rad zu drehen,
die Zeit wird immer weitergehen.

Niemand kann ein Bauwerk bauen,
um den Strom der Zeit zu stauen.

Niemand, und ich glaub daran,
hält jemals unsere Erde an.

Es ist egal, was jemand macht,
auf einen Tag folgt eine Nacht.

Das ist so, seit die Welt sich dreht,
und bleibt so, bis sie untergeht.

Die Menge macht das Gift

Ein Moment, der dir gehört,
ganz allein und ungestört,
ist oft winzig nur, ganz klein,
du denkst, der darf ruhig länger sein.

Hast du aber massig Zeit
und niemand, der sie mit dir teilt,
bist du sehr oft und viel allein,
kann ein Moment so lange sein.

So wie bei vielen anderen Dingen
ist's auch, was die Zeit betrifft.
Es kommt auf die Dosierung an,
denn nur die Menge macht das Gift.

Fließend geht die Zeit dahin

Flirrend zieht die heiße Luft
übers kahle Stoppelfeld
und die Luft ist voller Duft,
der vom nahen Herbst erzählt.

Fließend geht die Zeit dahin,
wie ein Fluss fließt sie zum Meer.
Man hatte Frühling grad im Sinn,
nun kommt schon der Herbst daher.

Stetig geht die Zeit voran,
es kann kein Mensch sie halten.
Und noch eh' man sich versieht,
gehört man selber zu den Alten.

Der Eiermann steht vor der Tür

Schon wieder sind zwei Wochen um,
der Eiermann steht vor der Tür.
Die Kunden schauen ganz erstaunt:
»Nanu, Sie sind schon wieder hier?

Ach Himmel, wie die Zeit vergeht,
das kann ja gar nicht sein.
Zwei Wochen sind schon wieder rum?
Dann kommen Sie mal rein.«

Man wechselt ein paar nette Worte,
tauscht die Eier gegen Geld.
Der Eiermann fährt wieder los
und weiter dreht sich unsere Welt.

Und nach gefühlt nur vier, fünf Tagen,
das grenzt schon fast an Zauberei,
steht er schon wieder vor der Tür –
und vierzehn Tage sind vorbei.

Das Schwein aus Marzipan

Ich hab ein Schwein geschenkt bekommen,
das ist zum Glück aus Marzipan.
Ich hab es gerne angenommen,
nun steht es hier und grinst mich an.

Ganz gemütlich mit Kaffee
gönne ich mir den Genuss,
wobei ich ein Problem noch seh',
weil ich das Schwein erst »schlachten« muss.

Ich bringe es nicht über mich,
so lieb schaut mich das Schweinchen an.
Es drückt ein Kleeblatt fest an sich,
so dass ich's nicht erdolchen kann.

So halte ich mich dann zurück,
es findet einen Platz im Schrank.
Vielleicht bringt es mir einmal Glück.
Dem edlen Spender vielen Dank.

Ein Glücksmoment

Ein Glücksmoment
kommt nicht so oft.
Oft kommt er
ziemlich unverhofft.

Und so schnell
wie er begonnen,
ist der Moment
auch schon verronnen.

Doch etwas bleibt
davon zurück,
lang strahlt es nach,
das kleine Glück.

Des Glückes Schmied

Man sagt, des eigenen Glückes Schmied,
der würd man selber sein.
So ist's auch wohl, doch schmiedet man
niemals so ganz allein.

So viele möchten gerne mal
des anderen Hammer schwingen
und sagen dann, hat's nicht geklappt:
»Man kann das Glück nicht zwingen.«

Dann steht man da auf weiter Flur,
weiß nicht mehr aus noch ein,
denn ist das Glück erst demoliert,
dann bleibt man oft allein.

Der Sand am Strand

Das Glück ist wie der Sand am Strand,
so herrlich anzusehen,
und wer es kann, kann stundenlang
darauf spazieren gehen.

Das Unglück ist das große Meer,
die graue, kalte Welle,
rollt sie heran, versinkt das Glück
gleich hier und auf der Stelle.

Niemals bezwingt der Sand das Meer,
ist dazu zu bescheiden,
doch steht das Meer auch meterhoch,
der Sand wird trotzdem bleiben.

Und geht die Zeit der Flut vorbei,
zieht sich das Meer zurück,
dann liegt der Sand noch immer da,
dann taucht's neu auf, das Glück.

Dann breitet sich im Sonnenschein
der schöne, helle Strand,
und bis die nächste Welle kommt,
spaziert der Mensch im Sand.

Ein schöner Tag für uns

Am frühen Morgen kannst du sehen,
wie die Dunkelheit zerrinnt,
wie der heiße Ball der Sonne
den fernen Horizont erklimmt.

Über den Wolken strahlt lichtes Blau,
und langsam wird es heller,
die Dunkelheit zieht sich zurück,
der Tag kommt immer schneller.

Man sieht es, doch man wundert sich,
auf einmal ist er da:
Ein schöner neuer Tag für uns,
so hell und wunderbar.

Was man so alles hört

Frostiges Laub knirscht unter dem Schuh.
Ein Vöglein singt, doch sonst ist Ruh'.
Nur unten auf der Autobahn,
da hört man ein paar Autos fahr'n.

Nun braust ein LKW daher,
das hört man raus, das klingt so schwer.
Ein Trecker tuckert übers Land,
auch den hat man sofort erkannt.

Und dann hört man im tiefen Wald
die Motorsäge, die laut schallt.
Man sieht den Menschen, der sie hält
und der mit ihr die Bäume fällt.

Mit Krachen fällt der Baum dann um,
für den Moment ist alles stumm.
Dann setzt das Leben wieder ein
und alles wird wie vorher sein.

Eine Frage der Temperatur

Wasser ist flüssig,
doch nur bis null Grad,
wird es mal kälter,
wird Wasser steinhart.

Eisen ist hart,
doch macht man es heiß,
dann schmilzt es genau
wie tauendes Eis.

Auf dem Friedhof

Zu Friedhof fällt mir »Stille« ein,
im Dunkeln sanfter Kerzenschein.
Gedächtnistafeln, meist aus Stein,
und alte Menschen, oft allein.

So friedlich ist's bei Tageslicht,
Vögel singen meisterlich,
Blumen blühen dicht an dicht
und die Menschen hetzen nicht.

Sträucher, die gen Himmel sprießen,
Leute, die den Tag genießen,
an Sommertagen Blumen gießen
und sich gegenseitig grüßen.

So vieles gibt es hier zu sehen.
Hier können Wut und Zorn vergehen.
Die Uhren scheinen still zu stehen,
hier hört die Welt auf, sich zu drehen.

Das Gerüst der Pflicht

Ein Mensch ist seinen Alltag leid
und wär' so gern daraus befreit.
Befreit aus seinem Pflichtgerüst,
befreit aus dem »Ihr müsst, ihr müsst …«

Er denkt lang nach, dann fasst er Mut
und tut den Schritt, der gut ihm tut.
Er kündigt seinen Job und geht,
was seine Umwelt nicht versteht.

Nun kann er lange liegen bleiben
und muss sich niemals mehr beeilen.
Kein Mensch sagt ihm: »Tu dies, tu das!«
Das, was er macht, macht er aus Spaß.

Doch bald gehen die Ideen aus,
gelangweilt sitzt er nun zu Haus.
Ein Tag zieht lang und ohne Sinn
so wie der nächste auch dahin.

Und dieser Mensch erkennt alsbald:
Im Leben braucht ein Mensch auch Halt.
Ein Pflichtgerüst engt nicht nur ein,
es kann auch eine Stütze sein.

Gewissensbisse

Ein Mensch, den das Gewissen plagt,
weil er 'nem anderen was gesagt
und sich dabei im Ton vergriffen,
denkt sich: Ach hätt ich's doch gepfiffen.

Nun wälzt er sich im Bett umher,
und Schlaf zu finden fällt ihm schwer.
Es quälen ihn so schwere Sorgen:
Was sage ich dem anderen morgen?

Er malt sich aus die dollsten Bilder:
Der andere würde wild und wilder.
Dem armen Menschen sinkt der Mut:
Wie mach ich das nur wieder gut?

Am Morgen begrüßt er den anderen still
und stottert, dass er sich entschuldigen will.
Doch dieser ist heiter und gut gelaunt,
nun ist unser Mensch doch sehr erstaunt.

Er wundert sich und wird zornrot:
Der war gar nicht sauer, der Idiot.

Kindertage

Die Kindertage sind vorbei.
Sie waren so süß wie Tage im Mai.
Sie waren so klar wie Bäche am Quell.
Sie waren zu kurz und vergingen zu schnell.
Sie sind zu weit weg, ich vermisse sie sehr.
Kindertage? Wie lang ist das her!

Das Schneckenhaus

Ich wünscht',
ich hätte, wie die Schnecken,
ein Haus auf meinem Rücken.
Dann könnt' ich mich
zu jeder Zeit
in dieses Haus verdrücken.

Ich wäre dann,
gäb's dicke Luft,
auf einmal nicht mehr da.
Käm' raus erst,
wenn die Sonne scheint,
das wäre wunderbar.

Ich hab kein Haus,
drum bleibt mir nur,
ein dickes Fell zu haben,
um Zorn und Spott
zu überstehen
und Zahnweh zu ertragen.

Wirf deine Gedanken in den Himmel

Wirf deine Gedanken in den Himmel,
lass sie zu den Sternen reisen,
damit sie mal was anderes tun,
als hinter deiner Stirn zu kreisen.

Wirf deine Gedanken in den Himmel,
lass sie mit den Wolken ziehen,
so kannst du für kurze Zeit
dem grauen Alltag mal entfliehen.

Wirf deine Gedanken in den Himmel,
lass sie über Meere fliegen,
und sie werden groß und frei
und deine Traurigkeit besiegen.

Wirf deine Gedanken in den Himmel,
lass sie treiben in der Welt,
und du findest unter ihnen
manch einen, der dir gut gefällt.

Ein verlorener Gedanke

Da war doch was, was war da noch?
Ach, mein Gedächtnis hat ein Loch.

Und nun fällt es mir nicht mehr ein,
was mag das nur gewesen sein?

Wichtig war's, das weiß ich wohl,
doch leider ist mein Kopf ganz hohl.

Und der Gedanke, der jetzt fehlt,
ich weiß, dass der noch lange quält:

Den ganzen Tag werd ich verschenken,
um nur an das, was fehlt, zu denken.

Vielleicht hab ich ja später Glück,
und der Gedanke kehrt zurück.

Sonst wird er wohl, kann's nicht vermeiden,
ein verlorener Gedanke bleiben.

Ich weiß auch nicht

Ich weiß nicht wann, ich weiß nicht wie,
ich weiß gar nicht, ob überhaupt.
Soll ich oder soll ich nicht?
Das ist's, was mir die Ruhe raubt.

Soll ich's so tun, mach ich's anders?
Fahr ich nach vorn oder zurück?
Nehm ich rote oder blaue?
Das Ganze oder nur ein Stück?

Bieg ich nach links ab oder rechts rum?
Sag du mir doch, was besser ist!
Ach, du weißt es selber nicht?
Ich weiß auch nicht, so ein Mist.

Unfassbar

Wie lang noch bis zur Ewigkeit
und wann ist sie entstanden?
Und wo wird jemand, der sie sucht,
wohl eines Tages landen?

Welche Richtung schlägt man ein,
Unendlichkeit zu finden,
und wieviel Hürden muss man wohl
bis dahin überwinden?

Und sag: Wo endet »grenzenlos«?
Wie weit muss jemand gehen,
um eines Tages, fern von hier,
am Ziel der Welt zu stehen?

Doch weil wir Menschen sterblich sind,
kann niemand das erfassen.
Die Antwort darauf müssen wir
den größ'ren Mächten lassen.

Aus

Wie im Kreis
drehen die Gedanken
und der Geist
kommt nicht zur Ruh'.
Immer weiter
stets das Gleiche,
stets das Gleiche,
immerzu.

Einen Schalter
müsst' es geben,
das ist es,
was so mancher will.
Einen Schalter für Gedanken,
einmal schalten:
alles still.

Fast fünfzig

Der Arm tut weh,
wenn ich ihn strecke,
der Rücken schmerzt,
wenn ich mich recke.

Der Nacken zwickt,
schau ich zu hoch.
Beim Sport pfeif' ich
aus dem letzten Loch.

Das ist das Alter,
ja, das weiß ich.
Ich wünschte, ich wäre
noch einmal dreißig.

Mittelmäßig

Ein Mensch hat nicht so viel gelernt,
er kann sich nicht als schlau bezeichnen,
jedoch, er kennt sich ganz gut aus
in einigen Bereichen.

Er war mit Ehrgeiz nie bestückt,
war stets damit zufrieden,
mit dem, was ihm sein Leben gab,
mit dem, was ihm beschieden.

Nicht jeder muss ′ne Leuchte sein
auf Gottes schöner Erde,
denn die Hirten, die es gibt,
die brauchen auch ′ne Herde.

So trottet er sein Leben lang
im Strom von Gleichgesinnten,
manchmal etwas weiter vorn
und manchmal auch ganz hinten.

Diese Mittelmäßigkeit,
vom lieben Gott gegeben,
ragt über andere nie hinaus,
doch damit kann er leben.

Die Diät

Ein Mensch fühlt sich zu dick am Bauch
und an der Hüfte leider auch.
So fängt er, was man gut versteht,
schon morgen an mit der Diät.

Heut' haut er aber noch mal rein,
denn Klöße gibt's und Schweinebein
und Eis, mit Soße obendrauf,
erst morgen hört das Schlemmen auf.

Dann hungert er, nein, welche Plage,
für dreißig, sechzig, neunzig Tage.
Auf die schönsten Leckereien
verzichtet er, um dünn zu sein.

Und siehe da, sein Bauch vergeht,
bis rank und schlank er vor uns steht.

Nun hat er es, sein Traumgewicht,
und isst erst mal sein Leibgericht.
Da wird ja niemand meckern können,
das wird man ihm von Herzen gönnen.

Er schwelgt in Essen und im Glück –
und schnell hat er den Bauch zurück.

Ich bleib lieber, wie ich bin

Das Leben wär' nur halb so schwer,
wenn ich ein wenig größer wär'.
Ich müsst' mich nicht so recken, strecken,
um hoch was in den Schrank zu stecken.

Doch müsste ich, möcht ich mich bücken,
viel tiefer runter mit dem Rücken.
Und heb ich was vom Boden auf,
müsst' ich viel höher wieder rauf.

Das alles macht nur wenig Sinn,
drum bleib ich lieber, wie ich bin.

Die Null

Alleine ist sie null und nichtig
und doch ist sie unsagbar wichtig.

Aus einer Eins macht sie 'ne Zehn,
zu zweit kann sie bis Hundert gehen.

Zu dritt kommt sie bis Tausend gar,
die Null ist einfach wunderbar.

Und würde man vier Nullen wählen,
könnt man schon bis Zehntausend zählen.

So geht es immer, immer weiter
bis auf die höchste Zahlenleiter.

Drum, will dich wer als Null verkaufen,
grins dir eins und lass ihn laufen.

Schneckenschatten

Schatten huschen durch das Licht,
doch wer das war, das sieht man nicht.
Egal, wie schnell man sich auch dreht,
um das zu sehen, ist es zu spät.

Nur langsame Schatten, die, die schleichen,
die kann man mit dem Blick erreichen.

Und doch hab ich, ich muss gestehen,
'nen Schneckenschatten nie gesehen.

Früher oder später

Immer läuft die olle Nase
genau, wenn es am meisten stört,
und man muss sich so oft schnäuzen,
wenn sich das grade nicht gehört.

Auch Hustenreiz ist oftmals lästig
und kommt sicher immer dann,
wenn es kurz mal still sein sollte,
wenn man ihn nicht gebrauchen kann.

In der Kirche, bei der Predigt
oder beim Theaterstück
hält man Nies- und Hustenreize
nur unter größter Müh' zurück.

Lässt sich das Naturbedürfnis
trotz alldem nicht unterdrücken,
strafen Leute links und rechts
dich genervt mit bösen Blicken.

Doch auch die genervten Leute,
glaube mir, wenn ich es sage,
kommen früher oder später
in ganz genau die gleiche Lage.

Die Dunkelheit

Verbreitet sich die Dunkelheit,
vertreiben wir sie mit Licht,
dann ist es hell zu jeder Zeit,
das Dunkel stört uns nicht.

So können wir, rund um die Uhr,
produktiv und nützlich sein,
wir arbeiten die Nächte durch
im grellen Lampenschein.

Unsere Großeltern noch gingen,
wenn es Nacht wurde, zur Ruh,
vertrieben das Dunkel auf leichte Art:
Sie machten die Augen zu.

So verschliefen sie die Zeit
bis früh am nächsten Morgen
und stellten sich dann ausgeruht
den Aufgaben und Sorgen.

Der aufrechte Gang

Ein Mensch geht mit geschwellter Brust
und mit stolzem, gradem Gang
voller Zuversicht und Freude
seinen Lebensweg entlang.

Schaut mit hellen, klaren Augen
aufgeschlossen in die Welt
und sieht dort so viele Wunder,
sieht so viel, das ihm gefällt.

Doch so ein Lebensweg ist mühsam,
mal stellt das Schicksal ihm ein Bein,
mal gehen die falschen Leute mit ihm
und manchmal geht er ganz allein.

Ermüdet von der langen Reise
geht es nur langsam noch voran
und gebeugt, mit müden Augen,
kommt er im hohen Alter an.

Die Karriereleiter

Der Alltag hält uns eisern fest,
zu Höh'rem sind wir nicht berufen.
Auf halber Treppe stehen wir
und verzweifeln an den Stufen.

Wir wollten doch so gern hinauf,
wir wollten auch ins helle Licht,
doch der Aufstieg ist zu schwer,
wir schaffen es ganz einfach nicht.

Wir sind am Ende unserer Kraft
und können nicht mehr weiter
und darum bleiben wir hier stehen
auf der Karriereleiter.

Die Stufen sind zu hoch, zu steil,
wir bleiben, wo wir sind.
Ganz oben, so erzählt man sich,
weht eh ein harscher Wind.

Wir richten uns gemütlich ein
und lassen höheres Streben.
Dann wird's nicht mehr so mühsam sein,
da bleibt noch Kraft zum Leben.

Die Sackgasse

Ein Weg, der nicht mehr weitergeht,
zwingt einen Mensch, dass er sich dreht.
Und was der Mensch dadurch erhält,
sind neue Blicke auf die Welt.

Da bleibt der Mensch verwundert stehen,
so hat er das noch nie gesehen.

Bisher ging vorwärts nur sein Blick,
ab jetzt schaut er auch mal zurück.
Und das bereichert ihn so sehr –
er sieht jetzt mehr als je vorher.

Des Lebens Höhen und die Tiefen
sieht er aus neuen Perspektiven.

Der Ausweg

Du wirst alt, dein Rücken schmerzt,
die Füße tun dir weh,
und ein großes Hühnerauge
ziert deinen linken Zeh.

Aug' und Ohren lassen nach,
das Denken braucht mehr Zeit
und mancher sonst so kurze Weg
erscheint dir viel zu weit.

Dein Bauch wird dick, die Haare grau,
die Zähne fallen aus.
Du gehst nur ungern vor die Tür,
du bleibst lieber zu Haus.

So ist das, wenn du älter wirst,
du kannst dem nicht entrinnen,
nur mit Enthaltsamkeit und Fleiß,
kannst du noch Zeit gewinnen.

Nur einen Ausweg gibt es doch
um nicht so alt zu werden,
doch, ob der wirklich besser ist?
Du musst dafür jung sterben.

Der allerletzte Wunsch

Es rennt die Zeit so schnell dahin,
wir alle rennen hinterher.
Kein Mensch fragt wirklich nach dem Sinn,
doch alle wollen immer mehr.

Mehr Ruhm, mehr Geld, mehr freie Zeit,
das wünscht man sich so doll,
und darum packen wir den Tag
mit Arbeit uns so voll.

Doch neigt sich unsere Lebenszeit
dem sicheren Ende zu,
sind wir zu gehen dann bereit,
in Frieden und mit Ruh'?

Was ist der allerletzte Wunsch,
den wir am Ende haben?
Dass sollten wir im Leben uns
vielleicht mal öfter fragen.

So viel

So viele Gedanken vergehen unbemerkt.
So viele Worte verklingen ungehört.
So viele Texte werden nie gelesen,
es ist so, als wären sie nie gewesen.

Doch es wird so viel nachgedacht,
so viele Worte werden gemacht,
so vieles wird irgendwo aufgeschrieben,
so vieles ist in Erinnerung geblieben.

So viel, dass das, was man vergisst,
keiner vermisst.

Das dicke Ende

Du lebst dein Leben
ganz zufrieden?
Bist froh mit dem,
was dir beschieden?

Dann genieß die
schöne Zeit,
weil niemand weiß,
wie lang sie bleibt.

Denn, was man
stets bedenken muss:
Das dicke Ende
kommt zum Schluss.

Über die Autorin

Tanja Rüschenschmidt (geb. 1972) ist verheiratet und Mutter von drei Töchtern. Sie lebt mit ihrer Familie und vielen Tieren auf einem Bauernhof im Herzen von Westfalen.

Die Liebe zu Gedichten begleitet sie schon seit ihrer Grundschulzeit und ist nun, da die Kinder erwachsen sind, wieder mehr in den Fokus gerückt.

Mit der Veröffentlichung dieses Buches hat sie sich einen langgehegten Traum erfüllt.

Alphabetisches Verzeichnis der Gedichte